KB196316

김남용 시인 제3시집

등대지기 행방을 수소문하다

1972 전남 진도 임회 탑리 출생
1999 지용신인문학상 당선
　　　진주신문 가을문예 당선
2000 수주문학상 대상
2001 제1시집 《詩의 유서》
2022 제2시집 《사랑마실》
2024 제3시집 《등대지기 행방을 수소문하다》
진도신문 발행인
임회민속놀이전수관장
진도문화예술연구회장
진도소포걸군농악 상쇠

김남용 시인 제3시집

등대지기 행방을 수소문하다

초판 인쇄일 2024년 12월 31일
초판 발행일 2024년 12월 31일

펴낸곳 l 도서출판 그림책
펴낸이 l 장문정
지은이 l 김남용
디자인 l 이정순 / 정해경
주 소 l 경기도 수원시 영통구 이의동 웰빙타운로 70
전 화 l 070-4105-8439
E - mail l khbang21@naver.com
표지디자인 l 토마토

김남용 시인 제3시집

등대지기 행방을 수소문하다

김남용 시인 제3시집
등대지기 행방을 수소문하다

|차례|

제1장

조도에서 등대지기 행방을 수소문하다

제2장

시 쓰기 좋은 날

제3장

한 조각 비늘과 같은 시간(詩間)

문학상수상시

추모시

제1장

조도에서 등대지기 행방을 수소문하다

2024년, 조도에서 머물렀던 시간들은 내 삶에서 휴일이었다. 큰 섬인 하조도와 상조도 곳곳을 다니며 필연적인 만남을 찾고자 했다. 그러나 신금산정에서, 도리산정에서도 하조도 마리단 등대에서도 나는 등대지기를 만나지 못했다. 다만, 30여 분이면 닿을 그 시간 사이를 흐르는 장죽수도 거친 물길 위에서 나는 여전히 새떼를 따라 날아가고 있었다.

검은여*

너에게는 바위솔씨 하나
내려앉을 수 없다네.
바람이 불면 너울이 와서
어쩌다 날아온 풀씨마저 쓸려보내고,
바다가 우는 날에는
거친 파도가 밀려와
너의 가슴에 슬어 있는
소금기마저 씻어낸다네.
밀물도 썰물도
너에게 머무르려 하지 않네.

하늘과 바다 사이
경계의 시간을 선택한 너는
마라단 등대 아래
독거도(獨巨島)를 바라보며
잠길 수도 없고
올라설 수도 없네.

*조도 남동쪽 하조도 등대에서 만물바위 끝자락에 묶여 있는 돌섬이 있다.
조도 사람들은 그 섬을 묵여(墨礁)라 부른다.

그 섬은 없다

그 곳에 가면 가슴이 타도록 갈망하던 것들이
언제인가는 꼭 다시 만나고 싶었던 그 사람이
내가 찾아와 주기만을 기다리고 있을 것만 같았어.

스피아민트 향기를 곱씹으며
섬 속 섬으로 들어갔다네.
어느새 깊고 아득한 강이
내게로 차오르고 있음을,
나는 두려워 항구로 돌아오고 말았네.

스스로 섬이 되어 살아가는 동안에는
기다림의 시간이 먼 바다로 흘러가버린다 해도
그 섬, 아직은 만날 수 없다 하네.

꽃 피는 무덤

창리 지나 활목 가는 길가에
야트막한 꽃뫼가 있다.
무덤가에 나비떼처럼
무리를 지어 내려앉은 노란 금계국이
소금바람에 꽃잎을 파득거리고 있다.
부부의 인연인가,
나란히 누운 봉분 위
봄에 피었던 띠풀이 세어가고,
문인석 한 쌍이 서로를 마주보며
소리 없이 웃고 있다.
무덤 앞 석등처럼 서 있는 소나무는
담쟁이 장삼을 입고,
솔가지를 흔들며
지금 가나 이따 가나
돌아올 때는 못 본 척 지나가야 할 길이니,
지상에서 마음 설레는 때
꽃구경은 하고 가라 한다.

라배도 가는 길

칠산바다에 가서
　　　　어야 술비야
조기를 잡던
　　　　어야 술비야
나비섬 사람들이
　　　　어야 술비야
학교 지어달라
　　　　어야 술비야
고사를 지냈더니
　　　　어야 술비야
학교가 지어지고
　　　　어야 술비야
썰물이 되어
　　　　어야 술비야
아이들 떠나가고
　　　　어야 술비야
다리를 놓아달라
　　　　어야 술비야
비손을 하였더니
　　　　어야 술비야
밀물 닿는 길로
　　　　어야 술비야
닻을 가득 실은

어야 술비야
다리가 놓였다네
　　　　어야 술비야
떠나간 사람들
　　　　어야 술비야
다시 돌아온다면
　　　　어야 술비야
그 누가 마다할까
　　　　어야 술비야
밀어라 땡겨라!
　　　　어이야 나비야
　　　　어허야 나비야

여미를 아시나요

상조도 북쪽
도리산 품에 안긴 작은 어촌마을
길끝이라서 여미라는,
수백년 팽나무가 당숲을 이루고
안골바다에서는 사계절 석화가 피어나는
세상 숨은 곳

사람 사는 섬에서
길 잃을 걱정은 하지 말라 했지
어디로 가든 누군가를 만나고
출항을 기다리는 배들을 볼 수 있으니,
낮은 돌담처럼 누워 있는 선착장에서
걸어온 길 잠시 되돌아보고
귀를 기울여 보면
길 끝에 서 있는 사연들을 들을 수 있다네

지독한 보릿고개를 지날 때
나무껍데기를 벗겨먹고
삶아낸 톳으로 배를 불리며 버티던 어느 봄날,
황금어장을 꿈꾸며
칠산으로 조기잡이를 나갔던 어부들
풍랑으로 닻배가 침몰하면서

스무 명이나 마을로 돌아오지 못했다지
집집마다 초상을 치를 때
목여 물길은 서녘으로만 흐르고 흘러가더니
지금도 물돌이를 하지 않는다 하네

되돌아갈 때는
언제나 끝이 새로운 시작인 것을
청물이 빠져나간 포구에는
아직 뜨거운 여름이 정박해 있네

*여미 : 전라남도 진도군 조도면 상조도 북쪽에 있는 어촌
*칠산 : 조기잡이의 황금어장을 상징하는 전라북도 칠산 바다
*목여 : 여미 북쪽에 있는 바위섬
*여미를 아시나요 : 평생 여미지기였던 김현민님이 운영하던 다음카페 이름

조도 쑥 점령사

섬에서 벌어진
잔혹했던 전투 이야기다.
이른 아침부터 전사들은
연장을 들고
감자밭으로, 보리밭으로 내달렸다.
잠시라도 한눈을 팔아
그 억신 놈이 고개라도 쳐드는 날이면
서방굶겨죽일년이라는
비난을 받으며
감자를 모두 캐내고 서리 내릴 때까지
숨죽이며 살아야 했다.
하지만 불침번을 서듯
날마다 밭두렁을 드나들었던
어느 누구도
그 놈의 소리 없는 습격을
알아차릴 수 없었다.
보이는대로 뽑아내고 내쳐도
뒤돌아서면
또 고개를 내미는 잡초들의 우두머리는
물러서는 법이 없었다.
전사들의 손톱에서는
푸르고 쓰디 쓴 물이 빠질 날이 없었다.
몸부림치고 연대했지만

묵은밭은 더 늘어갔다.
마침내 병든 전사들이 하나둘 항복하자
쑥은
최후의 점령자인 것처럼
섬 전역에서 쑥대를 들어올렸다.

북감자와 무수가 자라고
보리가 술렁였던 밭들과
함씨들의 때갱이까지
쑥밭이 되었다.

쑥섬이 된 조도에서
살아남은 전사들이 쑥을 뜯고 있었다.
전사들의 후예들은
농라를 쓰고 잡초를 솎아내고 있었다.

전복이 붙는 자리

엎드리면 그 남자 같고
누우면 내 여자를 닮은
새섬 전복에서는
깊고 푸른 쑥내가 난다네.

상처가 나면
쑥잎을 짓이겨 발라주는 것처럼

새섬 전복은
늘 그 자리에 서 있는
식나여에도 붙고
빗쭈게에 진한 쑥물이 들 때까지
사람들이 떠난
도리산 빈 자리에도 붙고, 또 붙어
이끼 끼는 빈 속을 맨치려 하네.
아직은 쓸쓸함이 붙어 있을
시간이 아니라 하네.

*식나여: 상조도 갈목도 북쪽에 솟아 있는 여
*빗쭈게: 전복 등껍질(진도 토속어)

질꽃

새다구 난 곳이라면
담장이든 길섶이든
아무 데서나 재금 나는
이름 모를 풀꽃들이
흔하디 흔한 잡초인 줄 알았는데
식물도감 찾아보면
저마다 이름과 혈통이 있고
심지어 자기 말씨를 지켜낸
식물들의 시조란다.

엄매가 삼태미 머리에 이고
장에 가던 질에서 낳아서
질바라고 했다는 내 친구도 그랬다.

"내 고향은 실크로드여어, 몽고반점도 있어어"

질맛을 아는,
뽑아 내치고
밟아 짓이겨도
뒤돌아서면 다시 눈을 뜨고 올라오는
질기디 질긴 아스팔트 질꽃은.

노랑할미새

하조도 등대 가는 길
고비숲을 지나
구불구불 해안도로 달리다 보니
바닷가 쪽에서
작은 새 한 마리가 날아와
길을 막아섰다.
차를 멈추고 녀석이 하는 짓을 지켜보았다.
노란 눈썹을 가진 녀석은
위에서 보면 검정새,
밑에서 보면 노랑새다.
고개를 앞뒤로 바지런히 움직여 걸어가고,
제자리를 맴돌 때는
긴 꼬리를 위 아래로 까딱까딱…
길섶에 돋은 쑥 잎을 쪼아대다가
저만치 앞으로 걸어가며
길바닥에 떨어진 무엇인가를 콕콕 집어먹었다.
'아저씨 갈 길이 멀다, 길 좀 비켜줘.'
차를 움직여 지나가려 하는데,
저만큼 날아서 지가 앞장을 섰다.
시동을 끄고 휴대폰으로 사진을 찍어
검색해 보았다.
녀석의 정체는 '노랑할미새'라는 철새였다.
귀를 기울여 보니,

쯧쯧쯧쯧… 혀 차는 소리를 했다.
차에서 내려 다가서려 하니,
할미새는 관심 없다는 듯 숲으로 날아가버렸다.
멍하니 할미새가 사라진
숲을 바라보았다.
순간, 구실잣밤나무, 동백, 팽나무, 시누대로
울창한 숲 속에서 새들과 염소들과
모든 살아있는 것들이 울고 있었다.
그 길을 가면서 처음으로 들어본 소리였다.
원시림 속으로 들어와버린 내 마음은
옷을 벗고 맨발로 걷기 시작했다.

돌아오는 길, 다시 날아온 노랑할미새,
항구 가는 길목을 지키고 있었다.
모른 채 지나치려 하자
산비탈에 핀 쑥부쟁이꽃이
'너무 보채지 마, 저 할미, 시월이면 여길 떠날랑가 몰라'
속삭이는 것 같았다.

하조도 등대

팽목항에서 장죽수도 건너
어류포 가는 길
신금산(神禽山) 부리에 선
흰 등대의 배바라기,
길 잃은 남자에게
너의 길 찾으라
잊을 수 없다면,
다시 볼 수 없는 곳으로
떠나가라
신호를 보내고 있었다.

별들이 부딪치지 않고
어두운 밤하늘을 운항하는 것처럼
보이지 않는 길 위를 떠가는
영혼들의 길잡이가 되어
섬과 섬 사이
영원히 서로를 비껴가야 할
인연들만 비추며
마리단 등대는, 홀로
백 년을 삭히고 있었다.

제2장

시 쓰기 좋은 날

다시 시를 써 보기로 했다. 시쓰기는 즐겁지 않다. 단지 새로운 사람을 사귀는 것처럼 생경하다가도 어쩌다 생각의 닮음을 발견했을 때 설레임을 느끼게 되는 그런 종류의 그저 그런 독백일 듯싶다. 진도에 내려와서 무심코 뛰어들었던 농사가 그랬고, 10년을 몰입했던 양철때기 담금질이 그랬다. 게다가 시라는 것은 잉여 기억들을 형틀에 옭아매는 자해와 같다. 그래서 혼자 있는 시간에는 시적 언어만이 나를 아물게 하고 위로해 준다.

가을옷 고르기

택배 상자를 뜯어보니 비닐봉지 안에서 쪽빛 남방이 구겨진 채 웅크리고 있었다.

주름지지 않는 특수 옷감으로 만들어 올마다 텐션이 살아있는, 사계절 자유롭게 입을 수 있는 오버핏 셔츠라는 문구가 보이는 꼬리표를 떼어냈다.

거울 앞에 섰다.

카라에 달린 것만 남겨두고 반투명한 앞 단추 여섯 개를 모두 잠갔다. 넉넉하게 입는 옷이라는 광고만 보고 사이즈를 105로 골랐는데, 입어보니 살짝 몸을 조여오는 감이 있다. 잦은 술자리, 그 사이 살이 오른 탓이겠지.

제법 색상은 잘 골랐어, 근데 새 옷이 목깃에서 소매까지 주름져 있는 이 상황은 뭐지? 빨래하고 다림질까지 해야 입을 수 있는, 싼맛에 산 건데 기대한 게 잘못이지 하는 그런 구린 느낌?

옷을 벗어 뒤집었다.

안깃 한가운데 제조회사 이름과 옷 크기가 적혀 있었다. 허리춤에 붙은 라벨 깨알 글씨는 잘 보이지 않았지만 다림질 금지

표시가 선명했다. 옷을 입으려면 세탁소에 드라이 맡기라는 충고였다.

두 손으로 양쪽 어깨 부분을 잡고 들어올려 옷을 펼쳤다. 베이컨 부위별 명칭도처럼 목, 어깨, 팔, 앞판, 등판으로 경계를 나눈 시접 바느질선을 따라 오버로크가 거칠게 감겨 있었다. 단추를 꿰매고 매듭을 짓지 못한 실밥들이 구멍마다 보풀거렸다. 심지어 끝단에는 봉제하지 않은 원단이 조각나 있었다.

겉과 속을 구별하는 법을 아는 순간부터 이미 맞춤형 시간을 골라왔던 것이다. 세상을 뒤집어 입고 거리를 활보하는 것은 바바리맨!

숨기고 싶은 내면을 가진 옷
옷걸이 대신 안락의자에 걸어놓았다.

감꽃이 질 때

하늘거리는 푸른 잎 사이
노오란 별사탕
휘어진 가지마다 벌들의 성찬
참을 수 없어
꽃 하나 따서 입에 넣어보니
단맛 끝에 떫은 맛

되살아나는 설익음,
사랑했으나 홍시가 되지 못한,
젊은 날 너와 나의 이야기
밤새 떨어져내려
수북히 쌓이고 있는 마당
담벼락 옆에서
견디어낼 만큼만
부여잡고 있을 것처럼
혼자 흔들리고 있는 감나무
그 날을 기다려 여름 내
감잎 그늘을 말려내고 있겠지.

괭이밥 파티

봄이 되면 봄꽃이
여름이 되면 여름꽃이 피어난다지
여러해살이 풀꽃은
기억한다네.

작년 이맘 때 피어났던,
기다리지 않아도
피었다 지고
지고 피는 시간 속에서
내 마음은 마냥,
시디 셨던 너의 맛
삼킬 수 없어

오월 햇살 마당 한 가득
노란 티밥을 터뜨렸다네.

라일락

꽃잎을 피워내기 전
나를 떠나갔다네.

꽃이 아니었으므로
꿈 속에서도
그 꽃은 피어나지 못하고,
푸른 멍울로
내 기억 속에 맺혀 있었네.

영원히
피어나지 못할 것 같았던
나의 꽃

서른 해 지나는
목포역 어느 길목에서
한 송이 생화가 되어
나타난 그 꽃은
내게 연보라빛 잎술을 내밀어 주었네.

우리는 손을 마주잡고
봄빛 흐드러진
빛의 거리에서 춤을 추었네.

아하, 이제는 누군가
그 꽃이 누구였소?
물어온다면,
난 망설임 없이 대답할 수 있겠네.

그 꽃은
첫사랑이라는 꽃말을 가졌다고.

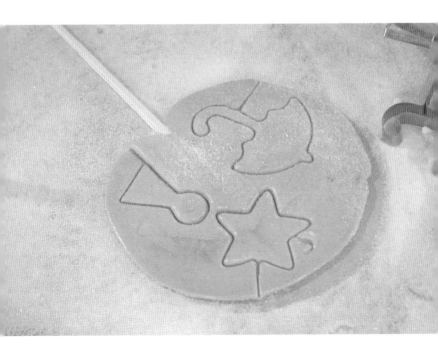

김양운

내 본적은 중만이여.
스물두 살 때 여그 피어동으로 시집 왔어.
봉상 지나고 고뱅이 사동 꼬불꼬불한 신행길을
신랑하고 어른들은 말 타고 왔고,
나는 가마 타고 왔제.

좁은 마당에서 잔치가 벌어지고,
새팍에서는 당골네가 굿을 하고.
혼례 끝나고 큰방에서 하룻밤을 묵은 뒤에
신랑하고 친정으로 가양 갔어.

혼례를 치른 날이 설 전이어서
내가 신랑한테 부탁했제.

"나는 설 쇠고 갈 텐께, 당신 먼저 가쇼이."

신랑은 나를 믿고 떠났을 것인디
나는 보름이 넘도록 친정에 머물렀어.
막 각시 들어서 마음이 들떴을 신랑은 속이 탔을 거여.
나도 미안한 마음이 들었지만,
친정을 떠나는 게 싫었는가벼.
그랑께 아부지가 나를 피어동까지 데려다 주데.
내가 시댁에 도착하니

마당에서 신랑이 맨발로 달려나오더라고.

방죽 위 아래에 있는 논 세 마지기에서
농사를 짓고 소를 키우며 살았어.
쌀이 귀하던 시절이었제.
옹타리 논에서 한 여름 내내 일을 하고,
밭에는 목화 서숙 콩 무수씨 보리 심고.
배고플 땐 목화 다래를 먹기도 하고,
솜이 트면 베옷을 짰고.
봄 가을에는 누에 농사를 했는데,
고치를 삶아 명주실을 뽑으면
덤으로 번데기를 얻을 수 있었제.
고치를 통째로 판매 보면 목돈이 생기기도 했는데,
나이롱 천이 나오면서 누에 농사도 끝났어.

피어동 사람들 거작 떠나고
자식들도 떠났어도
큰딸이 내려와 사니 지금도 논농사도 할 수 있제.
늙어버린 몸이 불편하기는 해도
올해도 때갱이 농사는 지을 거여.
대파나 배추 같은 큰 농사는 못해도
들깨나 팥은 심고 가꿀 수 있응께.
자식들에게 보내주고 남은 것은
장에 가져가서 팔아야 하는데
우리 마을에는 버스가 안 들어온께 성가셔.
주고 남은 것은 종자만 남겨놓고
팔아야 용돈도 하고 하는데,

올해는 농사가 잘 안 돼부러서 팔 것도 없어.
우리 팥은 다들 맛있다고
올해도 보내주라고 하는데,
내년에나 잘 지어서 보내줘야제.

*김양운(1934) 진도군 임회면 폐동리

김창례

귀성에서 스무 살 때 석교로 시집 왔어
스물 닛에 딸을 낳고.
큰아들은 연중이라고, 아이들은 모두 4남 1녀야.
우리 혜숙이네 아베가 전쟁 때 군대 가서 골병이 들어서 왔어.
허리가 아파서 수술도 했는데 낫지 않고 평생 고생만 했지.
노동을 못하니까,
장사하려고 땅을 사서 서점을 차렸제.
응, 인우서점.
학생들하고 선생들 하숙도 시키며 밥도 해줬지.
그러다 아베가 영영 낫지 않고 쉰 둘에 돌아가셨어.
죽어서 임실에 가서 묻혔는데
내 나이가 그 때 마흔 일곱 살이었제.
나는 복이 없어.
요즘 같으면 시집 안 간 여자들도 많은데⋯⋯얼척 없제.
낮에는 고뱅이에서 농사 짓다
오후에는 점빵에 와서 앉아 있으면 잠이 올아.
그렇게 농사 지어본 가락이 있어서
지금도 마당에 없는 게 없제.

우리 막둥이가 경원인디, 돼지띠.
아직 장가 안 갔어.
아가씨가 있었기는 한데 여자한테 질렸는 모양이여.
장가 이야기만 하면 스트레스 받는다고 얼척⋯⋯없당께.

작년에는 생강을 많이 폴았제.
올해는 이만큼이고,
돈이 중요하기도 하지만
애기들 먹어서 건강하라 해야겠다 해서
올해는 많이 썬단께.
이거 써느라 손이 부르텄단께.
큰아들이 왔길래 생놈도 주고, 몰린 놈도 주고……
몰르면 물도 낋여 먹을라고 그래.

종자?

저기 박스에다, 방에 흙이 묻으니까 박스를 비닐에 싸서 낳어.
이건 감자고, 요런 거는 생강, 방이 좁은께.
우게 저 놈은 뒤로 먹을라고 욱으로 얹어놓고
흙이 낼칠까 무선께 비닐로 싸놓았어.

저건 마늘이야
스무 살 때 시집 와서부터 심었는데
시어머니한테 물려받은 종자야
한 육십 년 넘었을랑가
남들은 그만 심으라고 하는데,
우리 사위가 이것만 찾아.
이 마늘이 훨씬 맛나다고……

김창례(1993) 진도군 임회면 십일시

낙엽은 아직 목마르다

꽃사과 나무 아래 놓인 탁자 위,
하나둘 잎들이 떨어져 있다.
뜨거운 여름
살아남기 위해 풀무질을 쉬지 않았음에도
처서 지나자 가장 먼저
가을을 맞이하는 것이
자전(自轉)하는 우리들의 운명인가 보다

온몸에 이슬 적신 낙엽들
보일 듯 말 듯
가느다란 초록 핏대를 세운 채
웅크리고 있다.
그러다 이슬마저 마르면
가벼운 바람소리에도
탁자 아래 세상으로 떨어져내리겠지.

너에게서 하루만 더 머물고 싶어……

너무 이르다 말라

가을 국화축제 끝나고
내년 가을에나 또 보겠지
잊고 있던 사이
장마 말미, 네가 피었다.
계절을 잊었다 하기에는
너의 풍만한 날개와
윤기 흐르는 꽃부리가 숨막히다.
봄 환상통을 앓으며
메마르던 너는
온실로 들어서는 초여름,
지난 겨울 동파되었던
물관들을 남몰래 치유하며
너만의 파티를 준비하고 있었나 보다.
한 시절 칼바람 따위가
너의 빛깔과 향기를
꺾을 수 없었던 것처럼
당당하게 살아남아
이 계절을 지배하고
나의 영혼까지 사로잡은 너,
만남이 그렇듯 낙화 또한
너무 이르다 말하지 말자.

놀믄서 살제

놀믄 뭐하냐
공부도 다 때가 있어야
귀 아팠던 잔소리
살아보니,
순서가 없어야
세상살이가 다 평생 공부더라
그 가운데 제일은
노는 공부
잘 살 걱정하는 사람들아,
잘 놀 궁리부터 하자!
인생 참 스승은
놀 줄 아는 사람
잘 놀아야
이 세상 재미나게
살아낼 수 있제.

놀믄 뭐하냐
젊었을 때 한 푼이라도 더 벌어야제
쉬지 않고 돈벌이
살아보니,
다 소용 없어야
세상살이 꼭 필요한 게 돈이라지만,
죽자 살자 돈 버는 동안

내게 주어진 시간을
언제 회수당할지 모르면서
헤프게 써야 하니,
누릴 수 있을 때
신나게 놀아라,
돈보다 값진 청춘아,
여그서 쉬었다 가.

마른 꽃

붉게 익어가는 꽃사과
가지 끝에서 자꾸만 봄이 돋아나고 있습니다.
거리의 벚도 꽃을 터뜨리고,
이팝나무 휘어진 가지 끝에서도
가녀린 여름이 피었습니다.

상처 위에서 덧난
열꽃들은 향기롭지 않습니다.

푸른 잎 떨어져내리는
열매들의 시간,
빛바랜 기억을 거슬러
밤새 물집처럼 맺힌 그 꽃은
갈바람에 소리 없이 메말라 갑니다.

어쩌면 저 혼자 흔들리며
앓았던 시간들을
말려내고 있는지도 모릅니다.

마음 장갑

시린 바람이 불어와
그대가 생각나는 날
기억 속 서랍을 열어보니
빛바랜 장갑 한 짝
외로이 잠들어 있네

내 여린 가슴
언제나 따스하게 감싸주던
그대의 고백
이제야 사랑인 줄 알았지만
짝을 잃어버린 나의 장갑은
허전함 감출 수 없네

다시 내 마음 설레어라
손을 내밀어 본다네

다시 내 마음 설레어라
그대 향해
두 손 내밀어 본다네.

바람에게로 나는

볼 수 없지만
네가 온다고 한다.
만질 수 없지만
네가 있다고 한다.
차갑게 화를 낼 때
마음 아프다가도
어느새 내 등 쓰다듬는
너의 품에 안기려
새벽바다에 갔네.
너는 물음도 없이 나에게 불어오고
나는 너에게
무심코 흔들리고 있는
이 시간이 영원하기를,
정박한 닻을 풀어내고
어둠마저 스며드는
흰 안개 되어
너에게로 불어가려 하네.

바람의 질량

보이지 않는 바람은
언제 어디서 내게로 불어올지 알 수 없으므로
거부할 수 없는 것,
삼켜내지 못한다면
나의 전부를 바람에게로 던져줘야 하는 것

어둠이 메말라가는 시간
어깨죽지가 간지럽다.
거칠어진 바람이
은둔해 있는 기억들을 깨우며 나를 수소문하나보다.
지금 바로 꽃가루를 방사해야 하는,
홀씨들을 더 멀리까지 날려보내야 하는
날개 없는 자에게
바람은 육감이며 필연적 서사여라.

속살을 드러낸 바람을
손끝으로 만져본다.
한 덩어리를 떼어내 냄새를 맡아보다
입 안으로 우겨넣고 씹어본다.
단단하고 질겅거리는 갈래들은
통째로 삼켜서
내장 가장 외진 곳에 저장한다.
우연히 선택된 시어들,
발효가 시작되는 시간이다.

버려짐으로써 내게로 온 너에게

장터 한갓진 곳에 웅크리고 있는 너는
필시 바다가 고향일 거다.

니가 가진 무늬와 빛깔은 한때 수석(壽石)이라는 이름으로 사랑에 목마른 그의 눈을 홀리고, 감추고 싶은 속살까지 벗겨내 고백을 받기에 충분했을 것이다.

니가 광택을 잃어가고 너를 어루만지던 그의 손길마저 주름 져갈 때도 차마 너는 시장통에서 나뒹구는 신문 조각들을 잠시 짓눌러놓은 벽돌처럼 구차하게 살지 않을 거라 신음했을 거다.

그러나 너는 그에게 버려짐으로써 내게로 왔다 스스로 버릴 수 없으므로 버려진 것들을 찾아헤매야 했던 나는 너를, 내 언어의 가벼움을 다스리며 눌러놓을 가혹한 형벌 집행자로 쓰기로 했다.

부추꽃

막걸리 한 사발
전 부칠 생각에
마음은 벌써
먹고 사는 일에서 줄행랑을 치네.

그랴,

좋은 게 좋은 거라고
비가 오려나
몸이 뻐근허니 술참이나 하세
핑계거리 삼아
친구들 단톡방에 번개를 치네.

그란디,

부추밭,
길고 긴 짚대 위에 가부좌 튼
희고 흰 꽃봉오리를 보니,
술 생각, 친구 생각
반죽이 되고 되네.

꽃 피기 전에
게으름 피우지 말고 자르고 잘라,

부쳐먹을 것을……
세어버린 머리칼만 쓰다듬네.

비 오는 날은

눈을 뜨자마자 길을 잃어버린 일들을
개어 이불장 속으로 집어넣는다

자동차 안에서 라디오를 켜고
차창 밖으로 흘러내리는 오후 시간을 멍하니 바라본다

소파에 앉아 오래된 사진첩 속에서
군대 시절 펜팔 편지를 꺼내 웃는다

좀처럼 울리지 않는 휴대폰을 만지작거리며
머릿속으로는 파전을 부친다

니가 살고 있는 곳에도 비가 내리는지
전국 일기예보를 검색해 본다

처마 밑에 서서 손바닥으로 빗물을 맞으면
벌거벗은 기억은 빗속으로 내달린다

가을비 오는 날은
수천 수만 번 우산을 써도
옛사랑, 어느새 발끝을 적셔온다

빛나는 것들의 최후

달이 지니 숨어 있던
별들이 하늘 가득 반짝거리고 있다.
새로 태어나거나
빛을 잃어가는 성운들

수명을 다한 전등이
깜박거리다 어느 순간 죽는 것처럼
하늘의 별들도
빛과 어둠의 경계에서
쉴새없이 점멸하고 있다.

세상의 모든 빛들은
결국 어둠으로 돌아간다.

나를 또렷이 응시하던 너의 눈빛이
더 이상 빛나지 않는다는 사실을 깨달았던
그 날도 그랬다.
돌아가고 싶다……는 말 한 마디
남기지 않고 떠난 너는,

눈을 떴다 감았다
그 순간이 삶이라 했다.

사랑초

외로운 사람아,
남몰래 찾아와
온몸에 매달려 있는
두근거림 하나 따서
속마음 몰라줄까
잊혀질까
마음 속 갈피에
고이 고이
말려놓았다지
꽃이 아니어도 좋을
숨겨둔 이야기를.

산수국

꽃을 피울 수도
열매를 맺을 수도 없는
너는 진실로
꽃보다 더 아름다운 입술을 가졌으나
단 한순간도
입맞춤을 허락하지 않았네.

젊은 날
화사한 너의 표정에 취해
얼마나 아파하고
비틀거려야 했던가

잊혀진 시간을 비집고
벌 나비 날아와 앉은 그 곳

보이지 않았던 너의 언어들이
별빛처럼 반짝이며
향기롭게 피어나고 있었네.

시들어가는 것은
아닌 사랑 그뿐이었네.

산이 부르는 날

처음 산에 오를 때는
누군가에 이끌려 갔으나
두 번째 산에 오를 때는
내가 누군가를 데리고 갔으며
세 번째 산에 오를 때는
산악회라는 이름으로
누구라도 함께 올라갔다.
오솔길에서 시작하여
가파른 암릉을 기웃거리다
칼바위 능선을 맨손으로 오르며
극락을 보기도 했다.
그냥 가고 싶어서 오른 산은
올라가는 시간도,
내려가야 하는 때도 예정돼 있었다.
그러나 먼 산길을 지나와
산으로부터 멀어진 지금,
밤이며 낮이며
악산(岳山)들을 함께 누볐던 산꾼들이
어디에 사는지,
산길에서 마주치며 눈인사만 건네던
산객들처럼 다시 볼 수 없다.
모두가 올랐던 산에서
영원히 하산한 이들은

산정에 올라 단체사진을 찍을 때
이른 실족을 예감했을까.

가고 싶을 때
아무 때나 가던 곳이 산이었지만,
어제 걸어왔던 산길들은
홀로 산으로 가는 길로 들어서는
답사코스였는지도 모른다.
산이 먼저 부르는 날,
언제나 나 혼자였다는 걸
알아차릴 거다,
그 길 어디쯤 쉴 곳에서.

상사지화

너 홀로 피었다 슬퍼하지 마라
꽃술에 앉은 노랑나비
날개를 파닥일 때
불갑산 개여울 구비구비 연분이 나는구나

달이 뜨고 지고
해가 오고 가는 것처럼
만나고 헤어지는 것은
산 자들의 숙명
붉게 타오르다 꺼져버린 검은 숯을
청춘이 다 흘러가도록
가슴에 품어보지 않고서
어찌 사랑을 했다 말하는가

한 걸음도 거스르지 못하고
홀연히 가야 할 인생
가시는 그 길 위
젖은 발걸음 벗어두고
다시 잎이 피어날 때를 기다려
모른 척 상사가 난들 어떠하리
내 님으로 오시려거든.

설북

북은 치는 것이 아니라
온몸 사위로
두드린다 했다.
생애 첫 내드름,
4월 노란꽃처럼
화려하지 않을지라도

당   당   당닥궁
당 다구다구당닥궁

북을 품에 안은 것만으로도
지금 너는 북수다.

북은 때리는 것이 아니라
다듬는다 했다.

다구다구다구다구다구다구
다궁 궁 다 궁닥궁

외침이 외로운 사람들
살픈살픈 다가가
울림통을 다듬이질하는 순간,
숨죽였던 심장소리

핏줄을 세우고
광장으로 길꼬내기*한다.

*길꼬내기 : 길군악

세수공양

바이칼 호수에서 흘러온 생명수
손종지에 공손히 받아내고,
지상에서 가장 깊은
바닥의 협곡까지 들여다 보는 찰나,
내 영혼의 지배자
표효하며 거친 숨을 내뱉는다.

어헛푸후우우!

지하계가 융기하고,
천상계가 열리는 새벽에는.

숨은 구름

하늘에 떠 가는 구름을
한참 바라보다
산 너머로 사라지는 흰 시간들을 보았다.

붙잡을 수 없는 거리

무심코 흘려보낼 수 있으므로
수묵이 증발한 하늘이
맑아보일 수 있는 거다.

비어 있음으로 공허하고
때로는 몰입으로 숨막히는
그 곳에서
구름은 한 점 수분으로 살아난다.

시 쓰기 좋은 날

휴대폰이 꺼지고,
아무도 찾아오지 않으며
비바람이 치고,
흔들리던 나뭇가지가 금방이라도 부러질 것만 같은,
무심코 지나쳤던 시간들 속에서
커다란 상처들이 영원히 아물지 않을 것처럼
아파 보이는,
그리하여 잠들어 있던 시어들을 불러내
무엇이라도 써내야
살아있음으로 엉겨붙은 욕망들을
씻어낼 수 있을 것 같은,
자해로써 구원받는 오늘은.

신념이 흔들리는 시간

나무가 다시살기를 준비하나보다.
겨울이 오기 전 물관을 닫고,
한 시절 푸르렀던 잎을 떨어뜨려야 산다.
잎들은 가지 끝에서
꽃보다 화사한 노을빛으로 물들어간다.
단풍옷을 입은 사람들
호상꾼이 되어,
산으로 들로
시를 쓰고 만가(輓歌)를 부른다.
목마른 잎들의 몸부림이,
거부할 수 없는 운명을 가진 것들의 마지막 절규가
그토록 아름다운 이유를,
영원한 쉼을 준비하는 이들은 알고 있는 것이다.

정작 단풍 드는 생을
한 번 더
살아볼 수 없는
너와 나
오늘 만큼은 지조와 신념이 흔들려도
용서받지 않겠는가

쑥꽃

어떤 사상가들은
네가 무슨 꽃을 피우겠느냐,
설혹 꽃을 피운들 향기롭겠느냐
반문할 것이다.

봄을 쑥빛으로 버무려내고도 지천에 널려 있어
아무도 눈길을 주지 않는 사이
뜨거웠던 광장 위로 여름이 지나고,
네가 웅크리고 있던 자리에서는
목질화된 시간이 추대하고 있었다.

하나가 둘이 되고
둘은 곧 무리가 되는,
세상을 다스리는 법을 알았던 너

시월 혁명을 기다려
온몸이 꽃대가 되어
수백 수천 개의 화포(花砲)를
소리 없이 장전하고 있었던 것이다.

인사동 가는 길

조계사 연꽃이 피어
대웅전 풍경소리
열반에 오르는 시간
연푸른 색동옷 입은 선원(仙媛)
쌈지길 지대방 마루에서
나비 고깔 쓰고
소고춤 추고 있었다.

첫사랑 발아점

소리쟁이 씨앗 하나가
껍질을 깨고 나와
싹을 틔우는 데는 그만한 이유가 있을 거다.
때를 기다리고
어둠의 시간을 견디어
오늘 비로소 지상으로 나온 너는
짧은 생을 시작할 운명을
거부할 수 없는 거다.

숨 막힐 듯한 설레임으로
밤을 지새우던 날들,
너무 쉽게 뜨거웠기에
작은 생채기에도
치유할 수 없는 아픔인 것처럼 슬퍼하며
서운한 마음을 드러낼 때마다
식어가며 말라가던 애증들을
갑작스러운 이별 뒤에야
알아차릴 수 있었다.

그것을 첫사랑이었다고 말하지 말자.

눈을 뜨는 순간,
뿌리 내리고 줄기를 뻗어가는

먼 여정의 시작일 뿐임을,
빛과 온도와 산소처럼
보이지 않는 믿음들이 양분이 되었을 때
사랑은 배반하지 않는다는 것을,
비 개인 날,
초록빛이 산란을 꿈꾸며
황무지 같던 빈 터를 물들이고 있으니.

얼마나 아팠니

네가 멀리 있을 때는
가까이 두고 싶어
언제 너를 내 곁으로 데려올 수 있을까
밤을 지새우던 날이 많았어.
네가 기적처럼 나의 정원으로 와서
봄에는 순백의 꽃을 피우고
가을에는 빠알간 입술로 맺혀
밤하늘 별빛마저 붉게 물들었지.
너와 함께 있는 순간 순간이
눈물겹도록 아름다웠어.

스스로에게 익숙해진다는 게
이처럼 잔인함으로 중독될 줄 몰랐어.
불볕 여름을 지나며
네 빛깔이 달라지고 있다는 걸
싱싱했던 잎들이 말라가고
병든 잎이 떨어져 내리는 모습에
내 마음 불편하면서도
모르는 척 지나가곤 했어.

곧 비가 올 거야, 너도 푸르러지겠지.

오늘 아침

너는 새잎을 싹틔우고,
하얀 꽃을 송이째 피우고 말았구나.
여름 내내 얼마나 아팠으면,
익어가는 시간들 틈에서
철 없는 척
지나간 봄을 토해내고 말았을까
향기 잃은 너에게
위로가 될 수 있다면
나 더 늦지 않게 고백하고 싶어.

여름 코스모스

중학교 담장 너머 길섶 따라
코스모스 한 무더기 피었다
순간 계절이 바뀌었나 싶어
하늘을 보니 깃털 구름만 떠가고 있다.

흑백사진 속 코스모스는
긴 팔 가을옷을 입고 있었다
여자애들은 분홍 꽃송이를 따서
머리에 꽂고 공주놀이를 하거나
두꺼운 국어교과서 시편(詩篇) 사이에
갈피로 끼워넣곤 했다
남자애들은 꽃대째 꺾어
두 손을 비벼 날려보내거나
징검다리에 앉아
흰 꽃배를 띄워 보내곤 했다.

잊은 시절 어딘가에 꽂혀 있을 마른잎 찾으며
해질녘까지 꽃멍을 때리다
내 머리는 벌써 동창회를 연다

인사, 꽃사과 피어나기에는 너무 이른

아침 안개 내려앉던 3월,
들개들이 습격했다.
이팝나무 기둥에 묶여 있던 너는
순식간에 목을 물렸다.
비명도 지르지 못한 채
장기를 강탈당했다.

골목 CCTV와 목줄에 묶인
십일남매집 백구만이
너의 죽음을 목격했다.

너는 내게로 온 지
두 달만에 스스로 목줄을 끊고
산으로 가버렸다.

그리고 또 두 달만에
애송이 같던 네가
윤기 흐르는 검은 드레스에
굽 높은 하이힐을 신고 돌아왔다.

너는 꽃사과를 사랑했다.
4월, 꽃이 피면
너는 무성한 꽃그늘 아래서
쉬지 않고 꽃발춤을 추었다.

너는 석교천 웃자란 풀잎보다
축대를 오르내리던
나팔꽃 꽃씨를 더 좋아했다.

너와 나눈 이야기들이
오늘 밤하늘의 별빛처럼 생생하게 반짝거리는데,
너는 하늘길 어딘가로 이어진
암벽을 타러 올라가버렸다.

네가 내게 돌아왔을 때
또 언젠가는
예고 없이 떠나갈 거라는 걸 알면서도
나는 너의 목줄을 풀어주지 못했다.

낙화를 기억하고 있는 꽃사과,
새 꽃으로 피어나기엔, 너무 이르다.

술래가 술래에게

혼자 있는 시간에는
술래가 됩니다.
나이가 드는 만큼
술래로 살아가는 시간도 늘어나나 봅니다.

남산도서관 가는 길
정말이지 내 가슴을 뛰게 했던 추억들이
살아남아 있을 법하지만
착각이었을까,
눈부시게 아름다웠을
나의 이십대
달콤한 기억들은 머리카락 보일 듯 말 듯
어딘가에 꼭꼭 숨어버렸네요.

간절하고 시렸기에 질척댔던 순간들만
스스로 술래가 되고 싶었을까요,
지하철 2호선 시청역 환승로에서
지금껏 잊혀지지 않고
나를 기다리고 있었나 봅니다.

돌아갈 수 없다는 것을 알기에
툭, 등을 건들여 볼 수도 붙잡을 수도 없습니다.
당신도 나처럼 술래가 되어
그 길을 홀로 걷고 있겠지요.

가시 잎사귀

화사한 꽃이 피어나
누군가의 인생샷 배경이 될 때까지
너는 숨을 죽인 채 기침도 하지 않았다.
꽃비 내리는 어느 날 밤을 틈타
너는 겨우내 참아왔던 초록의 향연을 시작했다.
한여름 따가운 햇빛을 쫓아가며
너는 더위에 지친 생명들에게
시원한 그늘막이 되었다가
세상을 뒤흔드는 비바람이 치는 날에는
두려움에 떠는 새들을 품어 주었다.
가을이 되어
열매들이 빨갛고 탐스럽게 익어가며
날아가는 새들을 유혹할 무렵,
마지막 수액까지 말려낸 너는
그게 너에게 주어진 길인 것처럼
아침이슬의 무게를 못 이긴 척
툭, 툭, 떨어져 내렸다.

아무도 너의 숨소리에 귀기울이지 않았다.
계절이 바뀌면 갈아입는 옷처럼
한낱 식상한 장신구도 되지 못한 너,
낙엽이 되어서야 비로소 낭만을 찾는
연인들의 발길에 차이는 너,

가지 끝에 매달려 있는 동안
살아내기 위해 단 하루도 쉬지 않고
온몸을 움켜쥐며 숨을 뱉어내야 했던 너에게도
아메리카 사막의 선인장처럼
등 속에 숨겨둔 가시가 있다는 것을.

팽돌이

바람이 불어야
도는 건
너답지 않아.

바람 멈춘 날,

팽목항 방파제를 달리다
등대를 차고 올랐어.

웅크린 새떼들의 날개를 깨우고
맹골수로 돌아와
다시 팽목으로
바람길을 내고 있네.

돌아버리고 싶은 세상
너울 되어
살아내는 너는,

돌고 싶을 때 돌리고
거꾸로 돌려도
돌아간다 하네.

폭우가 지나간 뒤

자정이 넘어서자
천둥번개가 굿판을 열고
순간, 비바람이 마을을 덮쳤다.
학교산에서 흘러내린 빗물은
출구를 찾지 못하고
좁은 수로를 뛰어넘어 골목으로 내달렸다.
물길이 열리는 곳마다
쓸려온 돌덩이들이 자갈거렸다.
맨홀을 뚫고 역류한 흙탕물이
저지대 문턱을 넘어설 때까지
노쇠한 장터 사람들
아무도 저항하지 못했다.
난리 때도 피난을 모르던
장마당이 수몰되던 새벽,
가로등 불빛마저 침수되었다.
드럼통과 리어카와 플라스틱 부유물들이
열린 창문들을 기웃거리다
서로 부딪치며 안부를 물었다.

동녘 하늘이 어스름 밝아올 무렵
밤새 푸닥거렸던 시간들이
흥정을 끝내고
거짓말처럼 배수구로 빨려들어갔다.

불어터진 세간살이에 엉겨붙은 사람들
누구도 하늘을 쳐다보지 않고
기름 냄새나는 뻘을 닦아내고 있었다.

24시간 편의점

혼자 있는 시간, 문을 연다

내가 살아온 만큼만
불쑥, 떠오르는 것들만 진열돼 있다.
쪽박 물에 불려 동생들과 함께 숟가락으로 떠먹던
손바닥만한 건빵,
금강산댐 건설 성금 300원을 빌리러 옆집에 갔다 돌아오던
어머니의 창백한 표정……
한 번도 직접 만나지는 못했지만
무수히 많은 밤을 지새우게 했던 펜팔 소녀들,
즉석사진 코너에서는
쉬지 않고 흑백사진이 인화되고,
천장에 걸린 대형 스크린에는
스크레치 난 영상들이
사라졌다 나타났다 한다.

이미 시간을 지불했으므로
선택한 기억들을
영원히 소유하지도 못하지만,
살아있는 동안,
기억을 만드는 질료들은 품절되지 않는다.

가슴이 두근, 두근거린다.

그리움을 찍어내는 공장이 가동되는 시간이다.
내 머리는 벌써 진열을 준비한다.

제3장

한 조각 비늘과 같은 시간(詩間)

2006년 귀향해 진도읍 남동리에서 5년을 머무르는 동안 시를 쓰지 않았다. 도시에서 몰입했던 글쓰기를 뒤로 미루고 지역사회에서 일어나는 여러 가지 현상들에 사로잡혔다. 먼지 자욱했던 시간들 속에서 가끔은 인공호흡이 필요했나 보다.

아주 가끔은

아주 가끔은
홀로 술에 취하고 싶은 날도 있는 거다
취함을 즐기지 못할지라도
아주 가끔은
난간에서 뛰어내리고 싶은 날도 있는 거다
추락을 바라지 않을지라도
아주 가끔은
그 여자와 함께 떠나고 싶은 날도 있는 거다
마지막 사랑이 아니더라도
아주 가끔은
알몸으로 거리를 거닐고 싶은 날도 있는 거다

추함을 견디지 못할지라도
아주 가끔은
잔혹한 인간으로 변신하고 싶은 날도 있는 거다
설사 싸움에서 지고 말지라도
아주 가끔은
꿈을 꾸는 척 살고 싶은 날도 있는 거다
언제나 그러지 못할지라도

골목여관

서른 너머 막다른 골목
여관 하나 길을 등지고 돌아누워 있습니다.
1972년 봄에 지어진 그 여관에는
아직 한 번도 새 손님이 들지 않았습니다.
언젠가는 떠나야 하는 장기투숙자는
오늘도 방을 비워놓습니다.
거부할 수 없는 기다림기다림기다림.
빈 방
꿈입니다.
오늘도 여관은
흔적을 남기지 않는 익명의 영혼만을
손님으로 맞이하여,
하룻밤 뜨겁게 묵어가는 꿈을 꿉니다.

짜구*

봄을 기다리던 1981년 어느 아침이었다.
한 무리 저승사자들이 그를 찾아왔다.
그는 거부할 수 없는 힘에 이끌려 꿈길을 걸어갔다.
핏빛 광주를 지나 남산 지하실에 들어서자
짜구 하나가 탁상 위에서 녹슨 조명을 쬐고 있었다.
난리 때 돌아가신 줄로만 알았던
행불자 아버지로부터 물려받은 짜구였다.
저승사자들은, 짜구를 그에게 쥐어 주었다.
"살려줄게, 아버지를 만났다고 자백하면"
그는 다섯 살 어린 목수가 되었다.
아버지, 도대체 당신은 누구입니까?
그는 윤곽 없는 아버지의 모습에 짜구질을 하며
집에 남겨두고 온 다섯 살 큰아들의 이름을
가슴 속에 새겨 넣었다.
"풀어줄게, 아버지의 아들임을 증명해 주면"
짜구는 주어진 밑그림을 따라
권총과 난수표와 무전기와 공작금을, 깎는다.
짜구는 평양 시내를, 김일성 동상을,
신원미상의 무시무시한 공산주의자들을, 깎는다.
저승사자들의 쇠몽둥이가 춤출 때마다
짜구도 칼춤을 춘다.

어머니의 비명을, 깎는다, 아내와 자식들의 삶마저 깎는다.
그는 스스로 목숨을 찍어낸다.
짜구는 간첩이 되었다.

*짜구 : 자귀, 짜귀. 나무를 찍어서 깎아내며 다듬는 연장.
*1981년 진도간첩단사건 : 박동운(당시 36세)은 다섯 살 때 헤어져 행방불
명된 아버지 박영준(안기부는 북에서 남파한 간첩이라고 말했으나 아직까
지 생사 확인되지 않음)을 만나 간첩행위를 했다는 이유로 남산안기부로 끌
려가 63일 동안 고문수사를 당한 끝에 쓴 허위자술서와 짜구 하나가 증거
가 되어 18년 동안이나 간첩죄로 수형생활을 했다. 그의 식구들과 친인척까
지 간첩 누명을 쓰고 고초를 당했다.

신호등 사거리

푸른 신호만 깜박거리던 날들이 있었다.
거침없이 발기하던 푸르른 비명
끼이이이이······익
나의 스키드 마크는 아직 사선(死線)을 넘지 못한다.
직진 신호를 받고서도 우회하고 싶다.
뒤를 돌아보면,
그냥 지나치고 말았던 풍경들이
같이 가자 손을 흔들고 있다.
사거리에서 아직은 누구도 태울 수 없다.

[문학상수상시]

구들방에서 마지막 밤

행랑으로 건너왔다
군고구마 냄새가 자욱하다
아버지가 군불을 때시나보다

"춥지야? 기다리그라"
구들을 등지고 있으려니

참나무숯 같은 졸음이 밀려온다
방바닥은 황토빛깔로 달아오르고
갑자기 오줌이 마려운 나는

마당에 서서 뚝뚝 떨어져 내리는 새벽별을 센다
밤새 사령리를 품은 안개가 무지개빛을 띠기 전
나는 행랑을 비우고 약속처럼 떠나야 한다

머지않아 아버지는
이백 년 묵은 구들을 들어내리라

"이제 니들도 다 컸은께 입식 해야제"

내년 고향길 구들방에 살 익을 걱정은
비오는 날 하늘을 나는 가오리연처럼 한가롭기만 하다

이 세대는 느리다

486 낡은 세대를 부팅한다
오늘은 느리다
바탕화면에 뜰 워드를 기다리는 동안
시상이 달아나다 쓰러진다.
고장나면 나의 생명도 시든다
많은 작품들이 한꺼번에 손상될 때
말없는 기계에 폭언하는 일은
죽은 친구에게 우정을 말하는 것처럼
싱거운 느림이다.
새로운 시상도 사라진다
결연히,
전원을 끈다
486 낡은 세대를 접는다
첨단 기술이 녹슬지 않은 노트북,
그러나 이미 이 세대는 느리다
586은 돼야…신제품이란 있는 것일까?

폐지더미에 깔려 있던 색바랜
원고지를 빼내오고
중학교 시절 기초 언어를 연습하던
만년필을 꺼내 잉크를 채운다
잠들었던 선들이 일어나고
맑은 점들이 알알이 번진다
지금까지 이들의 존재를 잊고 있었다
시간을 거스르는 일은 두려웠고⋯돌아볼
거울이라도 있었던가?

새로운 것을 바란다면 잊고 있던
기억의 서랍을 열어 뒤적여 보라

486세대를 서랍에 넣는다

종로

마음의 외진 곳이 잔인하게 흩뜨려지는 새벽

나는 과묵한 종각을 지나서 종로 거리를 맴돈다

인도 곳곳에 쓰러져 있는 젊은 욕망 자루들을

밤을 버린 불빛이 난폭하게 비꼬고 있다.

그들 위로 스쳐가는 살찐 야생 고양이들이

본능에 굶주린 듯 괴성을 할퀸다.

나는 쉬지 않고 걸어가며

지친 다리에 우울한 숨소리를 기대보지만

마음은 구겨져 거리에 떨어진다.

보도에 짓이겨진 쓰레기에 자신도 섞이고

마는 것을, 나는 스스로를 인정할 수 없었던

지난 기억들까지 쏟아내며 빈속을 움켜쥔다.

내가 쓰러진 자들을 밟고 서 있는 것은

지금 다른 누군가가 나를 잔혹하게

밟고 있음을 알기 때문이다.

위선의 거리는 하얀 이를 드러내며 아침을

짖어대고, 야광 띠를 둘러맨 사람들이

밤의 부스러기들을 쓸고 있다.

한 남자의 심장 박동이

다시 종각을 지나며 요란하게 종을 친다.

[추모시]

베틀에 살어리랏다

– 故 한남례 명인을 추모하며

내 속에는 내 뱃속에는

맨 노래만 서림서림 있어라.

하루 점도록 소리를 해도 나는 새 소리 하제

한 소리 또 안 해

엄매 어매 우리 엄매 멋할라고 나를 낳았소

글 공부나 시켜주지 일 공부를 시켰던가

잠결에 들리는 우리 엄매의 한숨소리

할마니의 할마니 때부터 수천 년을 불렀을

여자의 숨소리

흥그레 노래는 우리 엄매한테 배웠어.

한이 맺혀서 물레를 돌릴 때나

베틀에 앉으면 숨을 쉬는 것처럼 나오는 소리여라

1934년 저그 진도 지산면 하보전에서 나서

열 살이 되던 해

저녁에 미영 잣는 물레방에서

작은엄매들한테서

베틀노래, 물레타령 거기서 다 배웠제.

열다섯에 엄매한테 베 짜는 기술을 배웠고.

시집 가면, 큰 일 나라.

친정에서 배갖고 와야제,

베틀도 못 배갖고 왔냐 하면서

시어머니가 그럴 수 있으니까, 딸내들은.

우리 형제자매가 칠남매인디

아버지한테 나 학교 보내주쇼 허니

딸자식은 남의 가문으로 가니 다 필요 없다고

죽어도 학교 안 보내주고

아들네들만 갤치고

그래서 내가 지금도 글에 한이 맺혀서

집으로 편지 같은 것이 오면

하도 답답해서 돌아가신 아부지 보고 욕을 하요

나 공부잔 갤차 주지 하고.

그래도 동네 아짐들이 물레방 모태서

무명을 잣으면

저녁마다 가서 노래 배우고 소리를 배웠어라.

어려서부탐 매일 소리만 하고 그랑께

동네 어른들이

저놈의 가스나는 버드나무에 붙은 매미여 매미라 했지라.

열아홉에 열여덟 먹은 신랑한테

베 이불을 갖고 시집을 오니,

시집 식구가 제일 큰 시동생이 열시 살, 그 다음이 아홉 살,

그 다음이 다섯 살, 또 뽈뽈 기어댕기는 시동생이 있었고,

앞 못 보는 시할마니, 그리고 시어머니, 시아부지

이렇게 식구들이 열이나 된데

밥만 먹으면 그저 들에 나가 일이나 하고

아무것도 못하고 일만 하고 살았어라.

시아부지도 몸이 안 좋고, 시어머니도 몸이 안 좋아서

농사는 많고, 서방각시 우리 둘이

열두 마지기 밭에다가 담배를 심어갔고

동네서 장군을 얻어서 여섯 장군을 밀고 갔어.

내가 장군을 비어 주면

우리 영감님은 한 구덕에다 한 바가지씩 붓고

죽어라 살아라 밥만 먹으면 일만 했어.

옷이 없은께 베 만들려고 목화를 많이 심지라.

베 맹길라고 큰 밭에다 심어갖고

가을에 헉하니 피믄

앞치매에 한나씩 따다 밤새 베 짜서

또 씻쳐 말려서 옷 만들어 입었제라.

베 아니면 옷 없는 데라.

내가 삼남 이녀를 낳았는데,

바다에서 김발해서 가르치고.

뭔 돈벌이가 없은께

열두 마지기 밭에다 담배 심어갖고 돈벌고,

누에 키워서 돈 벌고.

우리 친정에서는 요만한 샘이 있어서

바가지로 물을 떠서 먹었는데,

워매, 소포로 시집을 온께 삼십가구 되는 사람들이

그 샘 한나에서 먹고 살어.

매일 밤에 가믄 무서운 줄도 모르고

밤으로 밤마다 물 떠오고,

날마다 미영 잣어요, 잠은 요만치도 못 자고.

그렇게 시집살이함시로 아무리 힘들어도

이 소리를 딱 해불면 다 풀려요.

성가신 일도 없고 걱정할 일도 없어

싹, 마음이 풀려부러요, 소리를 하믄.

오십대부텀 구십이 될 때까지 즐겁게 살았어라.

칠십야달에 간 우리 영감님만 불쌍하고,

이렇게 즐겁게 살 때는 영감님 생각이 나요.

결혼할 때 족두리를 안 써봐서

내가 항시 족두리 쓰기를 원했거든이라.

그래서 영감님이 내 원풀이를 해준다고,

족두리 쓰고 가매 타고, 화혼잔치를 했어.

오남매, 손주들까정 다 모여서.

영감님이 공연하는 데 다 따라 다녔어.

옛날에는 무슨 가정집 여자가 노래를 하러 다녀야 하고

어른이 말 한 자루만 하면 딸싹도 못하지라.

오십이 된께 우리 영감님이

너무 어린 것을 데려다가 고생을 시켰다고

이젠 일도 그만하고 나 하고잡은 거 다 하라고

뒷바라지를 해줬제라.

그래서 오십대부터 해서 내가 동네 노래방을 했는데

테이프를 구해갖고, 그걸 듣고 배워갖고

또 노래를 갤치고 했제.

내가 이임례씨한테 흥타령 석자루에다 돈 십만 원씩 주고

산 공부하러 댕겼구만이라.

내가 배울 때는 버스도 귀했는데, 혼자 버스 타고 가서

선생한테 배우고 와서

우리 동네 노래꾼들을 갤쳤지라.

노래방에 뺑둘러 앉혀놓고,

너 이 노래해라, 너는 이 노래해라 하고.

낮에는 땀 찍찍 흘리며 일하고

밤에는 한 삼십 명을 다 갤챘어라.

그렇게 소리 공부를 해서

나주 대회에 나가서 최우수상을 받았을 때는

기분이 그보다 더 좋을 수가 없제.

판소리도 돈 꽤나 주고 뱄어.

그런데 판소리도 안 해 분께는

돈 주고 밴 놈은 다 잊어분데

돈 안 주고 밴 놈은 지금도 글 읽듯해요.

한나 안 잊어부러.

이 불쌍한 병철이가 베틀노래를 군지정으로 올려놓고 가부렸어.

그래서 군에서 계속 부르요.

전국대회 가면서 니 틀을 했는데,

이 놈 한 틀은 갖고 댕기고

시 틀은 시방 저기 창고에가 썩고 있는데,

내가 늙어서 죽는 것보담 내 손놀린 것이

영감하고 이것을 다 장만했거든이라,

내 손 놀린 것 썩는 것이 더 서럽고 그라요.

낮에는 농부들이라 일하고

밤에는 저녁을 먹으믄 인자 전부 모이지라.

그라믄 좀 속이 사납고 성질난 일도 있고

그랬다가도 노래를 싹 불러블믄

걍 만사가 해결이 되고

인자 또 육자배기 흥타령 하다가

또 막 흥이 나믄 막 유행가도 하고 뛰고

그렇게 즐겁게 하고 살았어,

우리 소포 사람들이.

지금 딴 마을 엄매들이

아따 우리도 소포리로 시집갈 것을

그런 양반들이 깍 찼어

인자 내가 나이 먹고 늙은 것이 한이요.

오래 살다본께

고생 끝에 행복이 온다하더니 그 말이 맞아

어째 후회가 없겠소,

옛날에 한 것이 좋지라, 좋아서 좋고.

언제 또 그 시절이 돌아올란고

나이가 먹어서 인자 하늘나라 가게 생긴께

워메 언제 내가 저런 데 댕기면서

즐겁게 사는 세월이 언제 또 돌오까,

그 생각을 하면 서러요, 서러.

내가 하늘나라 가기 아깝고

내가 젊어서 하고 댕긴 일을 생각하면

하늘나라 갔다가 다시 태어나서

한번 더 해 봤으면 하는 그런 생각이 들지라.

어두운 세상에 생겨나서

밝은 세상에 다 늙었네.

밤으로는 베적삼 하고

낮으로는 바라구 매고

옛날 사는 시상은

지금 생각해도 눈이 캄캄하고

그 시상을 어찌게 살았던고 싶어라,

그 시상을 어찌게 살았던고 싶어라.

*故 한남례 명인의 생전 말씀을 정리하다